Classe verte sur planète bleue

Anne Didier est née en 1969. Elle a enseigné le français dans l'Oise et un peu en Afrique. Ce qui lui tenait à cœur, dans ce métier, c'était surtout de donner aux élèves l'envie d'écrire des histoires. Après la naissance de ses deux garçons, Antoine et Adrien, elle s'est décidée à écrire elle aussi… pour les enfants.

Du même auteur dans Bayard Poche :
Le trésor du roi qui dort - Les apprentis sorciers (Mes premiers J'aime lire)

Mérel est né à Mulhouse en 1952. Après des études aux Beaux-Arts, il a enseigné le dessin, puis s'est lancé dans l'illustration de livres pour enfants : il en a publié plus d'une centaine ! Il est aussi fier de son diplôme de vingt-cinq mètres en nage libre que du prix des Incorruptibles (1991) et des Bonnemine d'or (1992 et 1996) qu'on lui a décernés. Il adore les grands voyages à l'autre bout du monde… ou les expéditions au coin de sa rue.

Du même illustrateur dans Bayard Poche :
P'tit Jean et la sorcière - Léo contre Léa - Le prince congelé - Timidino, le roi du pinceau - Ma mémé sorcière - Le sifflet du diable - Le mariage de Mémé sorcière (J'aime lire)

Classe verte
sur planète bleue

Une histoire écrite par Anne Didier
illustrée par Mérel

J'AIME LIRE

BAYARD POCHE

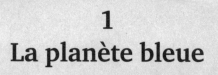

1
La planète bleue

La maîtresse appuya sur le bouton de sa télé-commande, et le tableau lumineux de la salle de classe se teinta de bleu. La maîtresse expliqua :

– Voici la couleur de la Terre, surnommée « la planète bleue ». Comme vous pouvez le constater, c'est une couleur inconnue sur notre planète Mira.

Aria, la plus jeune élève de la classe, écarquilla ses grands yeux mauves. Elle était fascinée par cette couleur. Elle allongea son cou de quelques centimètres pour mieux voir.

La maîtresse poursuivit :

– La Terre est une planète extrêmement inté-
ressante… On y trouve des millions d'espèces
de plantes, d'animaux et de minéraux. Son
atmosphère est riche en gaz de toutes sortes,
dont l'azote, comme sur notre planète.

– Nous pourrions y respirer ? demanda Aria.

– Tout à fait. Nous pourrions même y rester
plusieurs jours…

La maîtresse fit une pause et déclara :

– C'est d'ailleurs pour cette raison que je vous propose cette année d'y partir en classe verte !

Les élèves hurlèrent pour exprimer leur enthousiasme.

La maîtresse expliqua :

– Ce voyage éducatif est très excitant... mais également très dangereux. Aussi, par sécurité, nous séjournerons dans un endroit inhabité de la planète, la forêt équatoriale, afin d'éviter les Terriens.

En ajustant ses lunettes phosphorescentes, Parth, le meilleur élève de la classe, demanda :

– Les Terriens ?

– Des êtres étranges, expliqua la maîtresse, de couleur rose, marron ou cuivrée, et couverts de poils fins sur le sommet du crâne. Ils sont inoffensifs en apparence, et pourtant capables de s'entretuer.

Aria tira nerveusement sur l'une de ses mèches vert émeraude. Comment une telle chose pouvait-elle être possible ?

— Leur société n'en est qu'à l'âge des guerres destructrices, dit la maîtresse. Je vais vous donner la signification du mot « guerre » par télépathie* externe.

Elle appuya sur une touche de sa télécommande et ajouta :

— Les armes des Terriens sont peu évoluées, et ils les utilisent à tort et à travers. Bien qu'ils ne possèdent pas l'œil noir, il vaudra mieux les éviter.

* Communication par la pensée, sans passer par la parole.

2
Objectif Terre

La troisième heure de la journée commençait. Une grande lune couleur caramel apparut dans le ciel de Mira, suivie bientôt d'une plus petite, aux reflets d'argent. Sous les rayons lunaires, parents et enfants s'étaient regroupés autour de la nouvelle navette scolaire, prête pour le départ.

– N'oublie pas tes lunettes transperçantes, murmura la maman d'Aria en lui tendant un étui translucide, tu en auras peut-être besoin.

Aria prit l'étui, sourit à sa mère et alla s'asseoir à l'intérieur du vaisseau, à côté de Môl, sa meilleure amie.

– Cette nouvelle navette est super ! lui dit Môl. Elle est équipée d'un robot réparateur, et ses sièges peuvent se transformer en baignoires, en couchettes et même en trampolines !

Les douze élèves agitèrent leurs deux bras en guise d'adieu, et le vaisseau s'envola.

La maîtresse dit :

– Nous en aurons pour six heures de vol envi-
ron. Il est prévu, pour écourter le voyage, que
vous fassiez cinq heures de sieste.

– Zut ! s'exclama Dudo, le voisin d'Aria, j'au-
rais préféré essayer les trampolines !

Les sièges du vaisseau se mirent automati-
quement en position couchette, et Aria pressa
le bouton sommeil de son accoudoir pour pro-
grammer cinq heures de sieste. Elle s'assoupit
aussitôt.

Mais, quatre heures plus tard, une violente secousse la réveilla. Quand elle ouvrit les yeux, tous les passagers dormaient profondément, alors que les lumières du vaisseau clignotaient et qu'un message d'alerte défilait sur l'écran de contrôle.

> IMPACT...AVEC...CORPS...
> ÉTRANGER...VAISSEAU...
> ENDOMMAGÉ...
> TRAJECTOIRE...DÉVIÉE

Aria se précipita vers la maîtresse pour la prévenir. Celle-ci dormait à poings fermés. Aria appuya plusieurs fois sur le bouton « réveil forcé » de son siège, mais sans succès.

Affolée, elle se dirigea vers ses camarades. Elle n'eut heureusement aucun mal à les tirer de leur sommeil. Parth fut le premier debout. Après avoir examiné la couchette de la maîtresse, il annonça :

– Inutile d'essayer de la réveiller, son programmateur de sommeil est bloqué.

Il réfléchit un moment et ajouta :

– Seul le robot mécanicien pourra le réparer. Il faudra l'activer quand nous serons sur Terre... Enfin... si nous réussissons à atterrir.

– Tu penses que nous avons trop dévié de notre trajectoire ? demanda Aria, inquiète.

Parth alla consulter les cadrans du tableau de bord et actionna le programmateur de vol. Après quelques minutes, il se retourna vers ses camarades avec un sourire de vainqueur :

– Je pense avoir rectifié en grande partie la trajectoire. Nous atteindrons certainement la Terre. Le seul petit problème, c'est que nous ne nous poserons sans doute pas dans la forêt équatoriale...

3
Mauvaise rencontre

– Atterrissage dans vingt-sept secondes, annonça Parth.

Regardant vers le bas, Môl murmura :

– Tiens, je pensais que ce serait bleu. En fait, c'est tout vert, ici ! Le sol me fait penser tout à fait aux cheveux de...

Elle fut interrompue par les vibrations du vaisseau qui se posait au sol.

– 5, 4, 3, 2, 1..., atterrissage réussi ! cria Parth. Nous sommes sur Terre !

La soucoupe s'immobilisa. Les jeunes extra-terrestres s'approchèrent des hublots de la navette pour essayer de voir où ils avaient atterri... Mais ils reculèrent aussitôt : des êtres énormes aux formes rebondies encerclaient le vaisseau et les regardaient d'un air curieux en collant leurs gros museaux humides contre la vitre.

Dudo demanda :

– C'est donc ça, un Terrien ? Je pensais que ça avait l'air plus intelligent...

– Ce ne sont pas des Terriens, déclara Parth d'un air supérieur en consultant son encyclopédie virtuelle de voyage. Nous avons affaire ici à des animaux à cornes ; or les Terriens n'ont pas de cornes... Ce sont sans doute des rennes, des rhinocéros ou des escargots.

– Ils n'ont pas l'air intelligent, mais j'ai bien peur qu'ils aient réussi à activer le système d'évacuation immédiate..., murmura Aria.

En effet, les portes se déverrouillèrent, et l'échelle de la navette descendit lentement...

Parth, qui était près de la sortie, se sentit soudain soulevé de terre. L'une des curieuses bêtes essayait de brouter sa chevelure verte !

Parth resta dans les airs quelques secondes, puis retomba lourdement tandis que l'animal émettait un meuglement sonore pour marquer son dépit.

– Vite ! L'œil noir ! murmura Parth, terrifié.

Dudo fixa l'animal. De ses yeux jaillit un éclair sombre, qui aveugla la bête et l'immobilisa. Le monstre resta pétrifié*, tandis que le reste du troupeau prenait la fuite et disparaissait au fond du pré.

– Enfin tranquilles ! souffla Môl.

– Non, s'écria Aria en désignant une silhouette qui s'approchait de la navette. Nous avons une seconde visite... et, cette fois-ci, c'est un vrai Terrien !

* Comme changé en pierre.

Un être rose à poils blancs s'avançait en effet vers eux. Il n'avait pas l'air content du tout.

— Nous ne pouvons pas prendre de risques ! dit Parth. Neutralisons-le, lui aussi...

— Attendons de voir s'il est dange...

Aria n'eut pas le temps de terminer sa phrase. Parth avait déjà pétrifié le Terrien.

4
La réponse des Terriens

Les Miriens voyaient maintenant parfaite-
ment où ils avaient atterri : ils étaient de toute
évidence dans une « prairie ». À quelques
mètres de là, de l'autre côté de la route, s'éle-
vait un ensemble de bâtiments. Le troupeau
d'animaux à cornes n'avait pas réapparu.

– C'est le moment de mettre en marche le
robot réparateur, dit Parth.

– Je n'en suis pas si sûre, murmura Aria.

L'espace d'un instant, Aria avait cru voir une ombre bouger derrière l'une des fenêtres du bâtiment principal.

Cependant, le petit groupe d'élèves ouvrit la soute où se trouvait le robot.

Môl se mit à lire le mode d'emploi :

– Ce robot s'appelle lséo 3, on l'active en plaçant son microcerveau dans sa boite crânienne. Ensuite, il s'occupe de tout.

En effet, dès que le robot eut la tête pleine, il se mit à inspecter le vaisseau dans tous ses recoins. Puis il énonça d'une voix métallique qu'il avait besoin d'aluminium pour réparer la navette et qu'il s'occuperait ensuite du programmateur de sommeil de la maîtresse.

Pendant que le robot commençait à démonter l'avant du vaisseau, les Miriens partirent à la recherche d'objets en métal. Ils s'approchèrent prudemment du bâtiment.

Môl repéra un objet en aluminium au fond d'un hangar.

– On dirait une pince à linge géante..., dit-elle. Apportons-la à Iséo 3.

Les Miriens transportèrent l'objet jusqu'à la soucoupe. Mais, quand ils arrivèrent sur les lieux de l'atterrissage, un spectacle désolant les attendait. Iséo 3 était étendu sur le sol, inanimé, la boite crânienne ouverte. À côté de lui, une feuille de papier était posée sous une pierre. Elle était couverte de signes incompréhensibles pour les Miriens.

Si vous libérez mon grand-père et sa vache, je vous rendrai la cervelle de votre robot

Antoine

— C'est affreux ! Qu'allons-nous faire ? se lamenta Môl. Sans le robot, nous ne pouvons plus rentrer chez nous.

— Et la maîtresse ne peut pas se réveiller ! gémit Dudo.

Aria prit les choses en main :

– Il faut trouver l'auteur de ce message ! déclara-t-elle.

– Oui, approuva Parth, il n'y a pas de temps à perdre. Séparons-nous pour chercher. Si l'un d'entre nous est en danger, qu'il le signale aux autres par télépathie.

Aria désigna le bâtiment dans lequel elle avait vu quelque chose bouger.

– Moi, je vais dans cette direction, dit-elle.

Elle entra dans le bâtiment, attendit quelques secondes... Elle entendit un bruit étouffé au-dessus d'elle. Le cœur battant, elle grimpa un escalier et se retrouva devant une porte fermée, derrière laquelle elle perçut une respiration saccadée. Elle chaussa ses lunettes transperçantes et découvrit, de l'autre côté de la porte, la silhouette d'un jeune Terrien qui tenait un objet cylindrique dans ses mains.

5
Négociations de paix

Fallait-il utiliser l'œil noir contre le Terrien ?
Aria réfléchit et décida d'essayer d'abord la
télépathie. Elle énonça avec soin :

– Je m'appelle Aria, je ne te veux aucun mal...

Quelques secondes s'écoulèrent. Soudain,
une réponse claire traversa le cerveau d'Aria :

– Je m'a-m'ap... pelle Antoine...

Aria, tout émue, formula :

– Nous pouvons communiquer, c'est incroyable !

– Ren-rendez-moi mon grand-père...

Aria ouvrit la porte tout doucement et découvrit un jeune garçon blond qui tremblait comme une feuille. Il avait les genoux qui s'entrechoquaient et les yeux écarquillés. Pensant que c'était un signe de bienvenue, Aria imita son geste.

Le garçon éclata d'un rire nerveux. Cela eut pour effet de le calmer, et il se remit à communiquer :

– Pourquoi avez-vous pétrifié Grand-Père et la Blanchette, notre meilleure vache ?

– C'est toi qui as démonté notre robot ? répliqua Aria.

– Je vous l'ai expliqué sur le message que j'ai laissé par terre ! Je vous propose d'échanger le cerveau de votre robot contre mon grand-père et la Blanchette...

– Le problème est que nous n'avons pas pu déchiffrer ton message..., répondit Aria. Viens avec moi, nous allons tout expliquer aux autres.

Antoine lâcha le rouleau à pâtisserie qu'il tenait fermement dans sa main et décida de faire confiance à Aria.

Celle-ci le mena jusqu'au vaisseau, où elle exposa la requête* d'Antoine à l'ensemble du groupe. Les Miriens dévisagèrent le nouveau venu avec méfiance puis se concertèrent un moment par télépathie.

* Souhait.

Au bout de quelques minutes, Parth déclara :

– Nous acceptons le marché. Nous réveillerons le Terrien et l'escargot... euh, pardon, la vache, et nous les rendrons en échange du microcerveau... mais à condition que le Terrien à poils blancs ne soit pas dangereux...

– Mon grand-père est parfois un peu coléreux, précisa Antoine, mais c'est quelqu'un de formidable ! Vous allez voir.

Môl alla chercher un réactiveur dans la soucoupe pour réveiller le grand-père et sa vache tandis qu'Antoine replaçait le microcerveau dans le crâne du robot.

Quand il se réveilla, Grand-Père demanda :
— Qu'est-ce que je fais ici… et qu'est-ce que cela signifie ?

Antoine lui raconta rapidement ce qui s'était passé. Grand-Père resta abasourdi quelques instants… mais, dès qu'il fut remis de ses émotions, il se mit dans une violente colère contre les Miriens.

– Je vous en prie, ne vous fâchez pas, lui communiqua Aria, essayez de comprendre ! Nos manuels d'histoire du cosmos nous recommandent tant de nous méfier des Terriens...

Elle avait l'air si ennuyé que Grand-Père se radoucit.

– Bon, dit-il, après tout, l'important est qu'on puisse de nouveau bouger. Voyons plutôt ce que fait votre robot. Oh ! Mais il est en train de réduire mon échelle en bouillie !

Antoine et les Miriens se regardèrent, certains d'essuyer une nouvelle colère. Mais Grand-Père se contenta de marmonner :

– Eh bien ! Si j'avais su que mon échelle servirait un jour à réparer une soucoupe volante !

6
Des goûts et des couleurs

Le robot répara la carrosserie de la navette avec la pâte d'aluminium qu'il avait confectionnée, puis il s'occupa du siège de la maîtresse.

Un éclair jaune traversa soudain le programmateur de sommeil, et la maîtresse se mit à gesticuler et à crier :

– Où suis-je ? Quelle heure est-il ? Où sont mes craies lumineuses ?

Les élèves s'empressèrent de la calmer et lui racontèrent l'étrange aventure qu'ils venaient de vivre. À la fin du récit, la maîtresse leur fit un pâle sourire et promit qu'elle donnerait une goutte de jade à chacun. Devant l'air étonné d'Antoine, Aria expliqua :

– C'est une récompense. Quand on a gagné dix gouttes, on a droit à un bâtonnet. Avec dix bâtonnets, on a...

– Je connais ça, coupa Antoine, on a le même genre d'arnaque chez nous !

La maîtresse commençait à aller mieux. Ses joues reprenaient leur belle couleur sapin.

– Nous allons désactiver notre robot et attendre la nuit pour repartir sur Mira, annonça-t-elle.

– Alors, vous avez le temps de visiter notre ferme, proposa Grand-Père.

– Et de faire la fête avec nous, ajouta Antoine.

Grand-Père promena ses invités dans toute la ferme. Les jeunes extraterrestres s'émerveillaient de tout, de la laine des moutons, de la couleur des légumes et de la forme des machines agricoles...

Quand le soir arriva, Grand-Père alluma un grand feu au fond du verger et apporta toutes sortes de victuailles. Les Miriens regardèrent la nourriture avec inquiétude.

– Servez-vous, dit Grand-Père, ce sont de bons produits de la ferme !

La maîtresse, pour donner l'exemple, goûta un minuscule morceau de fromage de chèvre, mais elle s'étrangla, toussa, cracha et devint jaune citron.

– Nous n'avons visiblement pas les mêmes goûts, lui dit Grand-Père quand elle fut remise. Mais vous avez été courageuse. Cela mérite un petit cadeau.

Il disparut un instant et revint avec quatre plants de bégonias, qu'il lui offrit solennellement.

– Merci, dit la maîtresse en prenant l'une des plantes.

Elle en arracha soigneusement les fleurs et les feuilles et engouffra le tout dans sa bouche.

Visiblement rassurée, elle sourit :

– Cette nourriture correspond bien mieux à nos habitudes alimentaires. C'est délicieux ! Ce serait formidable de planter ces fleurs dans la serre solaire de notre école.

– Sans... sans... aucun doute, répondit Grand-Père, éberlué.

Quand les premières étoiles apparurent dans
le ciel, la maîtresse montra aux deux Terriens
la direction de Mira et leur dit :

– Nous devons repartir. Notre robot a réparé
le vaisseau, mais il est plus prudent de le faire
réviser sur Mira. J'espère que nous aurons un
jour l'occasion de nous revoir.

– Revenez quand vous voulez…, répondit
Antoine.

– Nous pouvons même aménager le jardin en
piste d'atterrissage ! renchérit Grand-Père.

La maîtresse sourit :

– Ce serait peut-être une idée pour notre voyage de fin d'année...

– De toute façon, dit Aria, la télépathie n'a pas de frontières, nous vous tiendrons au courant.

Elle fit un clin d'œil à Antoine et ajouta :

– Nous pourrons même correspondre, en attendant...

À minuit, la soucoupe décolla et disparut bientôt dans le ciel étoilé.

Grand-Père se mit à bougonner :

– J'ai oublié de leur dire qu'il faut absolument arroser les bégonias quand ils viennent d'être repiqués... Antoine, tu m'écoutes ?

Antoine, l'air concentré, avait la tête tournée vers le ciel. Il était déjà en train d'envoyer à Aria son premier message télépathique !

Achevé d'imprimer en mars 2007 par Oberthur Graphique
35000 RENNES – N° Impression : 7600
Imprimé en France
ISBN 978-2-7470-2206-4